케이크 자르기

기념일 앤솔러지

케이크 자르기

아침달

시작하는 글

이를테면 이런 장면을 떠올리곤 합니다.

조각 케이크를 나누어 먹을 때 모서리는 소중한 이에게 양보한다든지, 머뭇거리다가 토핑된 과일이나 초콜릿이 맨 마지막까지 남겨진다든지 …… 다정한 포크들이 한 조각의 케이크에서 누비는 마음이란 이리도 달콤하고 복잡합니다. 서로의 존재를 감각하며 나누어 먹는 한 조각의 케이크에서 이 책이 시작되었을지도 모르겠습니다.

오래전부터 이 책을 상상해왔습니다.

달력을 뛰어넘으며 시간을 가로지르는 동안에도 우리는 잠깐씩 멈춰서 혼자 혹은 여럿이서 기념할 만한 시간을 달래고 부축하는 일을 줄곧 해왔습니다. 축하해! 고마워. 진심 어린 말을 주고받는 표정에서 잠깐 환해지는 기분을 벗 삼아 살아갈 용기를 얻었을지도 모르죠. 꾹꾹 눌러 적었든, 바빠서 휘갈겨 썼든 간에 작은 카드에 적혀 있는 말들이 축하의 시간으로 천천히 걸어 나갈 때, 우리는 아무도 모르게 어떤 시간을 나눠 가졌을지 모릅니다. 축하의 노래를 희미하게 부르며, '사랑하는 ○○'의 어색한 이름을 얼버무리며.

대답 없는 거리만큼 더 이상 나눌 수 없는 시간도 덤으로 생깁니다. 그런 기억들의 배웅을 받으며 계속해서 시간을 지나고 있다는 사실이 믿기지가 않습니다.

"너는 기억을 거쳐서 어른이 되어간다"(안태운) 라는 문장을 오랫동안 곱씹었습니다. 이 책에 수록된 시와 편지글은 모두 자신의 기억을 거쳐 태어난 기념일이기 때문이지요. 열한 명의 시인에게 기념일에 관한 시와 편지글을 청탁했을 때, 각자 기념일을 골라 달라고 당부하였습니다. 모두 기대와 걱정을 동시에 하며 골라주었는데요. 생각해보면 생활 속에서 축하할 일은 이리도 많은데,

시와 편지에 다시 초대할 날들이란 어쩌면 혼자서 오랫동안 넘어지거나 부딪쳐온 날들이 아니었을까. 매번 반복되진 않아도 덮어쓸 수 없이 선명하게 욱신거리는 날들. 이 책에 둘러앉아 그런 날들을 축하할 수 있다면 그것 또한 기념할 만한 일이라 느껴집니다.

케이크를 단정히 잘라 나눠 먹는 일처럼, 이 책에 수록된 시와 편지글이 단란하고 아름다운 시간만을 초대한 것은 아닙니다.

어쩌면 기념한다는 것은 시간에 각인된 이름들을 손끝으로 만져보는 일이 아닐까 하고, 이 책 속에 적혀 있는 이름을 지나와 봅니다. 시간에 엉켜 있던 축하의 의미를 다시 끄덕여보는 헤아림 혹은 오래 걸린 헤맴으로 이 책을 말할 수도 있을 것 같습니다. 촛불이 꺼지고 난 뒤 자욱한 연기와 어둠 속에서 서로의 일그러진 얼굴을 밝혀보는 일을 해볼 수 있습니다.

열렬한 마음을 쥐고 어떤 시간으로 향해갈 때, 한 손에는 미리 주문한 귀여운 레터링 케이크가, 다른 한 손에는 나눠 쓸 고깔모자가 반짝이 장식을 나부끼며 매달려 있습니다. 성큼성큼 지나온 만큼, 조심스러워지는 순간이기도 합니다. 어떤 시간을 축하하기 위해서 우리가 움직입니다. 우리가 모여 있고, 우리가 웃고 울다가 헤어집니다. 함께 빚은 이야기를 나눠 갖고, 나눠 가진 이야기를 각자 품으면서 어떻게 자라나고 있는지를 헤아릴 때 희미해지던 시간의 이마가 맑게 빛나고, 지나간 시간의 여운은 명징해질 것입니다.

이 책을 읽는 독자 여러분 저마다 간직하고 있던 축하의 의미, 기념할 수 있었던 날들의 기쁨과 슬픔, 다시금 찾아올 날들에 대한 기약 없는 약속을 꺼내어 볼 수 있기를 바라는 마음입니다.

축하는 우리가 함께 지나온 시간의 기척으로, 훗날 우리의 홀로 선 시간에게 덮어줄 것이 되어 돌아올지도 모르겠습니다.

언젠가 태어날 아이의 생일을 축하하며, 오랜 반려 오토바이를 떠나보내며, 떠나오는 일로 비로소 혼자가 되던 날을 기념하며, 조금 특별한 결혼기념일과 영원히 돌아갈 수 없는 졸업식을 축하하며, 배울 수 없는 가르침을 주신 선생님들에게, 새날이 밝아오는 어두컴컴한 날에, 새삼스럽게 불러보는 오랜 이름에게, 이 이야기를 초대해준 열한 명의 시인과 읽어줄 독자 여러분에게 축하를 건네고 싶습니다.

2024년 봄

아침달 편집부

목차

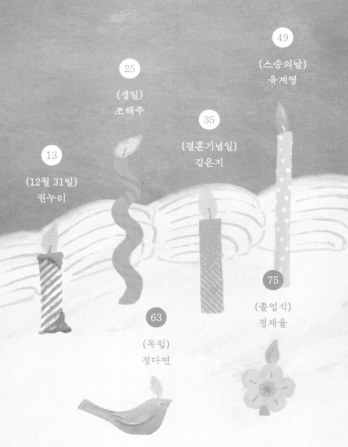

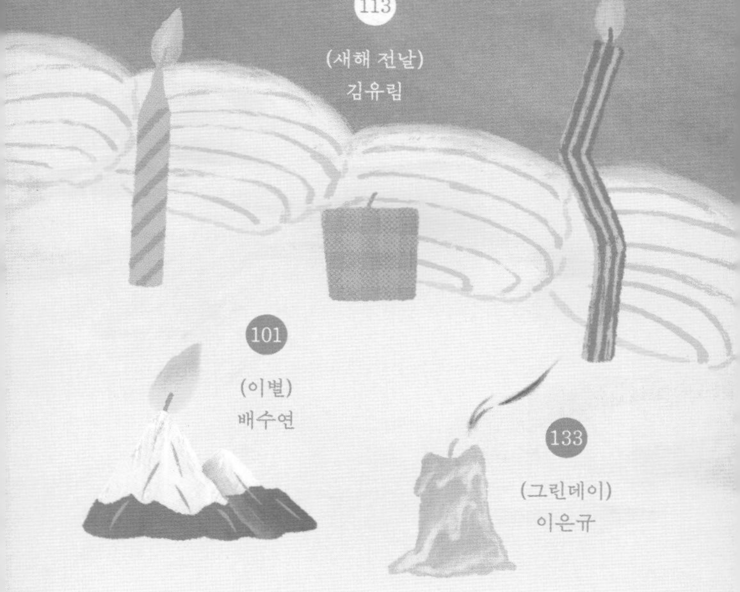

축하해

(12월 31일)

권누리

2019년 《문학사상》 신인문학상을 통해
작품 활동을 시작했다.
시집 『한여름 손잡기』가 있다.
시와 소설을 쓴다.

아키비스트 archivist

우리는 열다섯 살에 이미 서로의 미래를 보고 왔다

그때 우리는 같은 강과 산의 이름이 들어간
교가를 다 잊고 새 양육자를 찾아다니고 있었다

학교 구석에서 불을 지르다
머리카락 끝을 태우고
초록 대문 열쇠를 잉어가 사는 연못에 던지고

스파클러로 자정을 휘저으며
언덕을 마구 뛰어다닐

그리고 마침내 각자의 연인에게
도수가 맞지 않는 안경을 선물해
모든 이를 미아로 만들어버릴,

그 애들을 모아

내 머리맡에 쌓인 먼지를 털도록 한다 깨끗한
원목 식탁에 둘러앉힌다

자신 있는 마음을 차리면,

애들은 얕은 냄비 안에서
실리카 겔처럼 작고 동그란
슬픔을 탁탁 터뜨리며 논다

안녕, 이제 가
보낼 마음 없이

인사를 하면 조금 수척해진 얼굴로 다시 초인
종을 누른다

누구세요 누구신데요 어디서 오셨는데요
그러나

재수 없고 상냥하지도 않으면서 깜찍한

세계는 대답도 하지 않고 들어와서는
벌써 제자리를 찾고 있다

새에게,

— 오늘은 미래를 묻기에 참 좋은 날이다

모처럼 쓴다. 새, 언제나 일기에 더 가까운 편지를 보내서 미안. 나는 편지를 쓸 때 가장 용감해지는 것만 같아. 계획하지 않은 문장은 새, 참회와 사랑의 탈을 쓴 채 날아간다.

수십 번 반복된 내일이 온다. 내가 내일 무엇을 했는지 기억해. 자정이 되면 모든 것이 새로 태어난다. 나에게만 선험적인 노래를 재생한다. 새, 우리는 하고 싶은 것과 하기 싫은 걸 돌아가며 나눈다. 반드시 해야 하는 것과 절대 해서는 안 되는 건 말하지 않기로 약속한 것처럼. 내 소원은 언제나 새로운 친구를 많이 만드는 것, 그리고 지난여름에 사랑한 사람을 올여름에도 사랑하는 것. 불경한 생각과 불길한 예감이 동시에 튀어 나갈 때 익숙한 슬픔에 내가 아는 사람의 이름을 붙이고 싶은 순간이 많았지만, 내일부터는 조금 더 참을 수 있게 된다.

내일이 온다니. 그러니 오늘은 미래를 묻기에 참 좋은 날이야. 내일이 있다니 잠드는 일이 무섭

지 않아. 하지만 역시 이상하네. 눈을 감았다 떠
도 나이를 먹지 않는다는 건.

　우리는 어떤 숫자를 가지고 살아가게 될 거야?
　너는 누구의 노래를 들었어?
　우리에게는 우리만의 약속과 결의와 규칙이
필요해.
　새로 태어나는 일에 대해 생각해. 너로 사는 건
어때? 매번 다시 태어나면 이전의 기억을 조금이
라도 지울 수 있을까?

　나는 아직 궁금한 게 많다. 이를테면 새의 미래,
앞산의 미래, 집과 가장 가까운 편의점의 미래, 장
판의 미래, 흰 이불의 미래, 냉장고 속 양배추의 미
래, 동네 고양이들의 미래, 온실과 플라네타륨의
미래, 건설과 유리 공예의 미래, 손가락의 미래,
자전거 뒷바퀴의 미래, 공중전화기의 미래, 지하
철과 엘리베이터, 비둘기 밥, 광장, 처음 본 사람
에게 인사하는 아가의 손, 작은 손가락의 미래 같
은 것들.

새, 드디어 기쁜 내일이야. 귀엽고 환한 디저트가 줄 선 사람을 기다리고 있잖아. 부추, 봄동, 아오리, 홍옥, 복숭아와 수박, 옥수수, 유채, 딸기, 시래기와 귤이. 천천히 오고 있어. 부숭부숭하게 부푼 털 뭉치에서 털 몇 가닥이 공중에 날리다가 컵에 빠진다. 해가 떠오르면, 새. 눈부시게 닫힘 버튼을 누른다. 내일의 내일이 또 있다는 이유로.

내가 나를 포기한 채 나를 데리고 이토록 오래 살 수 있다니. 정말로 기뻐.

너는 어때? 차려지지 않은 음식이 우리를 기다리고 있다. 작은 기쁨의 덩어리가 무수히 많은 조각으로 쪼개져 우리에게 잘 보이지 않고, 들리지 않고, 만져지지도 맡아지지도 않으며, 인식하기 어려운 순간에 조용히 숨어 있다. 우리는 언제나 술래가 된다.

여름이 또 온다니, 단련하지 않은 몸이 천천히 미래에 가까워지고 있네. 나는 이따금 자전거 페달을 밟고 멀리멀리 가느라 도착지를 지나치기도 할 거야. 먼지를 묻힌 얼굴로, 미래를 묻는다. 헤어지기 전부터 다음을 약속하는 것처럼, 헤어질 때 집에 도착하면 연락하자고 말하고선 금세 잠들어버리고 늦은 오후에야 즐거웠다고 되뇌는 것처럼,

아, 재밌었다.

봐, 우리가 나눈 슬픔을 깊숙이 파헤치면, 거기에는 더욱 깊은 슬픔이 아니라 깜찍한 미래가 있을 것만 같아. 내가 나의 미래를 정면으로 마주 보지 못할 때, 새, 너희는 나를 대신해 꼭 맞는 안경을 새로 맞춰 쓰고 초여름 햇빛이 무한히 투과하는 이파리를 올려다보듯 나의 미래를⋯⋯.

미안, 줄이 부족하다. 너무 늦지 않게 우리 또 만나자.

안녕, 사랑해.

축하해

(생일)

조해주

시집 『우리 다른 이야기 하자』,
『가벼운 선물』이 있다.

반려

그는 새를 풀어놓고 키운다 새들은 일 년에 하루만 그의 정원에 머문다 작고 투명한 새들이 각자의 나무로 흩어지는 아침에는 잠깐 무지개가 보이기도 한다 가지 위에서 물기를 털어내던 새가 고개를 까딱이며 그를 본다 그가 반짝이는 돌멩이처럼 웃기 때문일까 정원은 지워지다 쓰이다 지워지다 한다 초를 다시 뽑아낸 케이크처럼 정원 바닥은 여기저기 움푹 파여 있다 새가 곤두박질친 흔적일 리도 없는데 이상하다고 생각하며 그는 텅 빈 머릿속을 메우는 기분으로 숨을 들이켠다 푸른 고무호스가 삭아가는 동안 깃털 비슷한 것이 자꾸만 팔꿈치에 달라붙어서 그걸로 펜도 만들고 콧수염도 붙이고 어깨를 들썩이기도 하는데 이게 새와 사는 게 아니라면⋯⋯ 깜빡 잠들었던 그가 거대한 새의 배처럼 천천히 들썩이는 침대에서 눈을 뜬다 생일 축하해, 어느새 돌아와 가만히 가슴팍을 두드리는 기척 때문에

조해주

숙희에게

몸은 좀 어떠니? 다행히 1993년 겨울은 몇 번의 반짝 추위를 빼고는 따뜻했지. 그치만 너는 도무지 가만히 쉬는 법을 모르니 걱정이야.

요새도 가끔 엄마는 너에 대한 이야기를 남 이야기하듯 하곤 해. 이를테면 이런 식이지. 참 웃겨, 산 아래 살던 열 살 그 애가 말이야, 동생들 먹이겠다고 봄에는 냉이 캐다 국 끓이고 겨울에는 무 캐다 김치 담그고……. 그럼 나는 매번 처음 듣는다는 듯한 표정으로 푹 빠져들지. 했던 이야기 또 하고, 했던 이야기 또 하고. 하도 들어서 그런가. 너와는 이미 친구가 된 기분이 들어. 만약 너를 실제로 만나게 된다면 나는 시시한 인사를 건네겠지. 이야기 많이 들었어, 하고.

알지? 엄마의 노래 취향. 내가 기억하기로 엄마가 최근 가장 꽂혀 있던 노래는 〈나성에 가면〉이야. *나성에 가면 소식을 전해줘요 하늘이 푸른지 마음이 밝은지……* 장 보러 '구루마' 끌고 가면서도 거울 앞에서 비뚤어진 모자챙을 바로잡으면서도 한동안은 틈만 나면 그 노래를 흥얼거렸지. 아, 옛날 사람. 내가 장난스럽게 말하면 엄마는 꼭 이렇게 덧붙여. 내가 옛날 사람이라 이런 노래를 좋아하는 게 아니고 나는 원래 어릴 때부터 이런 노래를 좋아했다고. 너는 요새 어떤 노래를 흥얼거리니?

너는 노래를 좋아하지만 가수가 되고 싶다는 생각을 해보진 않았어. 너는 네 스스로 똘똘하다고는 생각해도 네 얼굴을 마음에 들어 하지는 않았거든. (엄마가 네 사진을 보여준 적이 있는데 나는 네가 아주 예쁘다고 생각했어. 거짓말 아냐.) 네가 하고 싶었던 건 선생님이었어. 노래를 좋아했으니 음악 선생님이 되었을까? 겁이 많으니 모험가는 안 했을 것 같고. 책을 좋아했으니 국어 선생님이 되었을지도 몰라.

그런데 스무 살이 되었을 때도 너는 고등학생이었네. 딸이라는 이유로 아버지가 학교를 늦게 보냈거든. 뭘 해서 돈을 벌까 하다가 너는 버스 안내양을 해야겠다고 마음먹었지. 마침 공고가 났기에 전화해보니 그쪽에서 그래. 버스 안내양 하면 버스 기사랑 결혼할지도 모른다는 거야. 그 말에 너는 겁이 났댔지. 결국 '해태제과'에 취직해서 공장 동료들 몇몇과 여상에 다녔어. 잊어버리 지도 않아. 월급 15만 원.

공장 일 자체는 단순했지만 다른 부서로 파견 가는 일이 잦아 힘들었지. 너는 내일 무슨 일을 하게 될지 모른다는 게 불안했어. 그나마 유일한 낙은 사방에 달콤한 군것질거리들이 가득하다는 거. 너는 에이스 사이에 연양갱을 끼워 먹는 기발한 레시피를 발견하기도 했지. 워낙 좋아해서 그런가. 다음 직장은 88체육관에 있는 '건국베이커리'였어. 네가 빵 좋아하는 걸 모르는 사람은 없지. 네가 어떤 노래를 좋아하면 좋아하는 족족 다 들통났을 거야. 이어폰이 없으니 아무도 모르게 혼자만 들을 수도 없었을뿐더러 너도 모르게 입 밖으로 흘러나오니까.

다음 직장은 식당이었어. 이제 갓 식당을 차린 남자와 결혼했거든. 너는 빵만큼이나 쌈을 좋아하는데 식당엔 쌈 채소 천지이니 배 터지게 먹었지. 식당일을 마친 새벽에 너는 불 꺼진 식당 한 편에 잠시 기대어 앉아 나에게 자꾸만 말을 걸었어. 내 이름을 부르면서 즉석에서 만든 노래도 흥얼거리기도 하고 부푼 배를 보면서 언제 이렇게 됐지 하고 조용히 감탄하기도 했지.

그랬던 게 엊그제 같은데. 시간 참 빨라, 그치. 나는 요새 사는 게 점점 재미있어. 살아보게 해줘서 고마워, 숙희야.

그때 네가 나한테 불러줬던 노래엔 제목이 없어. 흘러나오는 대로 부른 마음이었으니까. 나도 불러보고 싶다. 부디 건강하게 지내다가 곧 만나자.

조해주

축하해

(결혼기념일)

김은지

2016년 《실천문학》 신인상을 통해 작품 활동을
시작했다. 시집 『책방에서 빗소리를 들었다』,
『고구마와 고마워는 두 글자나 같네』,
『여름 외투』와 산문집 『동네 바이브』가 있다.

모름의 세계

결혼을 했는데도
결혼하는 방법을 모른다

전통혼례를 해서 그럴 수도 있지만
전통혼례에 대해서도 잘 모른다

혼인신고는 사무소에 가서 하는 거라고 했는데
사무소에서는 시청에 가라고 했고
시청에서는 대사관에 가라고 했고
출입국 사무소에도 가라고 했고
어떻게든 가라는 곳을 다 갔는데
호주에는 신고 방법이 또 다르기 때문에
또 모른다
우리가 부부인지

그래도 괜찮다
몰라서 그런 거니까

내가 몰라서 그런 거고
사람들도 몰라서 그런 거고

내가 신혼여행을 다녀온 것은 알겠다

모름의 세계에 들어왔고
결혼식 날 내가 몰랐던 것은
눈만 조금 크게 떠도
내 기분을 읽는 사람이 생기게 된다는 사실

아직 아무 말도 하지 않았는데
무엇을 물을 줄 알고 답하는 사람이 생긴다는 것

심장이 작은 내가
낙타를 타고
험준한 계곡에서 래프팅을 하고

심장이 큰 당신이
나귀를 타고
나무가 속삭이는 소리를 듣는다

내가 아니라
당신과 비슷한 사람 만났다면
당신은 하루하루 더 신나게 살았을 텐데
하지만 그 역시 모를 일

나는 심장이 작지만
스타워즈를 스토리 순서로 보고
제작된 순서로도 보고

당신은 심장이 크지만
하얗고 조그마한
말티즈를 가장 사랑하게 되었다

그동안 고생 많으셨어요
계속
저와 더 모르면서 살아가시겠습니까

선물은
청소기
얇지만 따뜻한 장갑
당신이 무엇을 좋아할지
내가 무엇을 좋아하는지

매년 기념을 하는데도
기념하는 방법을 모른다

김은지

조금 다른 결혼을 하려는 E님에게

눈이 참 많이 오는 겨울이네요. 예쁜 풍경 많이 보셨나요? 저는 미끄럼 방지가 되는 부츠를 신고 조심조심 다니고 있답니다. 결혼을 축하합니다. E님의 크고 작은 일들에 행운이 눈처럼 곱게 곱게 내려앉길 기도할게요.

저는 이번 결혼기념일에도 지난해와 같은 레스토랑에 갔어요. 식당 뒤편 비밀 정원에는 모과나무가 여러 그루 장방향으로 심어져 있어요. 조명도 식물을 가꾸듯 설치한 근사한 곳이랍니다. 당신이 온다면 오히려 잘 가꾸어진 소나무 쪽에 눈길이 갈지도 몰라. 아무리 기온이 춥고 기침 감기가 심해져도 이런 날에는 중얼거리게 되어요. "추운 날도 좋구나." 찬 바람을 막으려고 스카프로 두 볼까지 가렸고 입김은 자꾸 안경을 뿌옇게 만드는데 고양이가 다가와 갸르릉거리며 제 다리에 머리를 비빌 땐 주머니에서 손을 꺼내 쓰다듬을 수밖에 없었죠.

이런 동화 속 같은 곳을 좀 더 자주 오고 싶은 마음에 시를 썼어요. 작은 기념일을 새로 만든다면 작은 일을 감사하는 날로 정하고 싶다고. 휴

대폰 주인 찾아줌, 자전거 타고 가다가 낙엽에 머리 맞음, 세일해서 산 옷이 꼭 맞음, 후회 그침. 정말 기념하고픈 날은 누울 때마다 기침이 났는데 약 두 알 먹고 푹 잔 일. 그럴 때 맛있는 것을 먹고 비밀 정원에 온다면 오히려 더 근사한 하루가 될 것 같다는 내용의 시랍니다.

최근 친해진 친구가 있어요. 자주 만나서 글도 같이 쓰는데, 남편은 어떻게 만났는지, 호주 사람과 결혼하는 건 어떤지 물어보더라고요. 언젠가부터 잘 대답하지 않는 질문이라 머뭇거렸어요. 왜냐하면 저는 같은 질문을 계속 받으면서 살아왔거든요. 제 주변에는 저처럼 호주 사람과 결혼한 사람이 없어요. 한 명 있었는데 호주로 이사 갔어요. 아무래도 특이하니까 호기심이 가겠죠? 관심은 감사하지만 계속 같은 말을 하다 보니, 어느 순간 말에서 제가 빠져나가는 걸 느꼈어요. 다른 사람의 이야기를 하고 있는 것 같은 기분? 그것이 대단히 아프고 괴로운 건 아니기 때문에 괜찮다고 생각합니다만 소복하게 쌓인 눈이 놀랄 정도로 무거운 것처럼 어느 순간 대답하는 게 어려워졌어요.

묻는 말에 답을 하지 않아 친구가 조금 서운해하는 것 같았어요. 저로서는 어제 읽은 책이랄지, 다음 주 계획 같은 걸 얘기하면 좋겠는데, 그럼 더 친해질 수 없겠죠? 저는 이 친구와 정말 친해지고 싶은데. 이건 다른 얘기지만 사람들이 생성형 인공지능에 매력을 느끼는 이유는 사람과 달리 계속 질문을 해도 계속 대답해주기 때문이 아닐까 하는 생각을 했어요.

그런데 엊그제부터 자꾸 무슨 문장이든 말하고 싶기도 하고, 결혼기념일에 대해 이야기하는 자리이기도 하니까, 제가 하고 싶은 말을 해볼까 해요. 그건 바로 "한 번쯤은 말하고 싶었다"예요. 세상에 저의 목소리로 말을 할 기회가 있다면, 저처럼 결혼한 사람이 이 사회의 구성원으로 같이 있다는 사실을, 조금 더 당연한 일로 자연스러운 일로 기억해주면 좋겠다고, 한 번은 말하고 싶었다는 겁니다. 주민센터에서 뗄 수 있는 서류도 바뀌고 있고, 다들 친절하게 대해주셔서 감사해요.

E님, 감사의 마음으로 하루하루 보낼 수 있겠

지만 그래도 지치는 날이 오면 그럴 땐 한 번쯤은 솔직한 말로 표현하시길 바랍니다. 그럼 엄청 후련해지고 또다시 이 동네를 산책할 수 있음에, 우리가 내가 살고 싶은 터전에서 살고 있음에 감사함이 차오를 것입니다. 마음을 표현한 날을 작은 기념으로 삼으면서요.

E님의 평범하고 순조로운 결혼을 진심으로 축하드려요. 작은 용기를 보탭니다.

김은지

축하해

(스승의날)

유계영

2010년 《현대문학》 신인추천으로 작품 활동을 시작했다.
시집 『온갖 것들의 낮』,
『이제는 순수를 말할 수 있을 것 같다』,
『이런 얘기는 좀 어지러운가』, 『지금부터는 나의 입장』과
산문집 『꼭대기의 수줍음』이 있다.

그림자놀이

*

교실의 광원은 머리 위에 있지요

빛은
눈이 깊은 아이들의
작은 광대뼈 위에
감미로운 어둠을
도사리게 하고
정수리에
꽝꽝 꽂혀요

우리가 우리의
어두운 심지를
더 깊숙이
박아넣도록

(우리들과 어둠의 과도한 교제를 근심하며 커튼을
걷어 젖히는 선생들을 기억해요?)
(간신히 웅크려 데워놓은 심장을 단숨에 식히는
선생들……)

그러나 커튼레일에 도열한 자잘한 이빨들이
경쾌하게 트일 때
창밖의 햇빛이 밀고 들어올 때

나는 보고야 말았어요
따뜻하고 축축한 내장처럼
선생과 우리들의 발끝에서
각자의 어둠이
흘러나오는 것을!

*

선생은 이따금 밖으로 나가자고 제안합니다

커다랗게 드리운 나무 그늘에
모여 앉은 우리는
그물에 걸린 치어들처럼
꼼짝없이 창백합니다

그러나 선생의 취미는 밤새워 낚은 잡고기들을
다시 놓아주는 일✦
손아귀를 힘껏 열어주는 일

우리들은 겨우
제 몸집만 한
그늘을 떼어
제각기
빠져나
갑니다

야제영

*

나는 교정에서 가장 큰 아름드리 노거수
잎사귀 중 하나를 골라
가장자리부터 갉아볼 요령이에요

어둠을 조금씩
햇빛에게 돌려줄 수 있나요?
선생에게 아이를 돌려줄 수는?

달아오르는 등의 온기를 느끼며

우리는 우리의 어두운 심지를
땅 위에
놓아줍니다

✦ 나의 첫 시 선생님, 홍신선 시인의 시 「죽음 놀이」(시집 『우연을 점 찍다』, 문학과지성사, 2009)를 참고했다. 평소 나는 '팔거나 먹지도 않을 걸 잡는 낚시꾼이야말로 가장 악질'이라며 주장하곤 했지만, 제 입에 넣으려고 잡는 낚시와 도로 놓아주려고 잡는 낚시가 정말로 다른 일인지 며칠 생각에 묶여있을 것이다. 놓여날 때 아주 시원할 것이다. 선생님은 선생님이다.

그늘과 그림자

—나의 선생님들에게

당신을 생각합니다. 매일 아침 조회 시간, 당신은 아이들에게 풍금 연주를 들려주는 자상한 음악 선생님이었어요. 가창 시험 이후 당신의 눈에 든 내가 당신 곁에서 노래를 불렀습니다. 처음 며칠은 은근한 자부심으로 기뻤습니다. 더 이상 아침 조회 노래를 부르고 싶지 않다고 악악 소리를 지르게 된 날이 얼마나 지나서였는지는 기억나지 않습니다. 당신의 풍금 연주에 내 목소리를 얹을 수 있는 특별한 허락이 유일한 긍지라는 듯 고분고분했던 내가, 어느 날 갑자기, 더는 참을 수 없다는 듯이, 책상에 그대로 엎드려 삼십 분가량 목놓아 울었습니다. 나는 나의 슬픔과 분노가 어디에 어떻게 흩어져 있다가 모서리를 완성한 뒤 스스로 불쑥 일어서게 된 것인지 몰랐습니다. 당신은 내가 울음을 그칠 때까지 아무 말도 하지 않고 울음을 들었습니다. 그리고 나를 비롯해 누구에게도 다시는 아침 조회 노래를 부르게 하지 않았습니다. 그럼에도 당신은 매일 아침 풍금을 연주해주었어요. 하루도 빠짐없이 그렇게 했습니다.

다시. 당신을 생각합니다. 당신은 교탁에 서서
우리의 선물을 하나씩 받아 들고 고맙다고 웃어
주었습니다. 나는 친구들이 가지고 온 멋진 상자
들을 보면서 떨었습니다. 세련된 포장을 입은 벽
돌들이 교탁 위에 쌓였습니다. 당신의 성전처럼
멋진 건축이었습니다. 선물을 전달하기 위해 늘어
선 아이들의 대열에서 나는 티 나지 않게 빠져나
왔습니다. 작은 생쥐처럼 조용히 움직여 당신 책
상 위에 카네이션 한 송이를 재빨리 올려두었습
니다. 나는 당신이 그 카네이션이 어떤 아이의 것
인지는 관심도 없는 사람이기를 바라며 5월을 보
냈습니다. 당신이 적당히 무신경한 어른이었다면
좋았을 거예요. 당신의 따뜻한 눈빛, 가장 안쪽
동심원을 헤아리면서 내내 부끄러워할 필요는 없
었을 거예요.

　　다시. 당신을 생각합니다. 나는 당신에게 뺨과
뒤통수를 맞고 배를 걷어차인 뒤 나동그라졌습
니다. 당신은 내 교과서를 갈가리 찢어 집어던졌
습니다. 책가방과 함께 나는 교실 문밖으로 고꾸

라졌습니다. 당신의 말대로 집에 돌아갔다면 엄마에겐 무어라 말할 수 있었을까요? 수업 시간에 낙서를 했어. 먼 나라의 이름을 귀퉁이에 적었어. 그게 전부야? 묻는다면…… 내가 모르는 무엇이 더 있을까 봐 집으로 돌아갈 수 없었습니다. 친구들이 당신에게 얻어맞을 때, 나는 내가 맞는 것이 아니어도 똑같이 멍든다는 것을 배웠는데요. 내가 오늘의 운 나쁜 아이가 되었을 때, 나의 친구들도 그랬을지……. 당신을 용서했어요. 그러나 이해할 수는 없었습니다. 이것이 내가 거둘 수 있는 작은 승리라고 나는 믿습니다.

다시. 당신을 생각합니다. 90년대에 초등학교를, 2000년대에 중고등학교를 다닌 나에게 학교와 선생은 아무래도 추억거리가 아닙니다. 나는 매사 시큰둥하고 반항심으로 결계를 친 대학생이 되어, 나에게 아무것도 하지 않는 선생들만을 겨우 따르고 학교는 그냥…… 시를 쓰러 다녔습니다. 당신은 말이 없는 편이어서 하고 싶은 말이 많은 사람들이 당신 곁에 늘 가득했습니다. 당

신이 드리운 조용한 그늘에 오순도순 모여 앉은
사람들. 그 무리에 내심 끼고 싶었습니다. 당신의
시를 읽고 궁금했던 것을 묻고도 싶었습니다. 당
신은 노인인데 왜 당신의 시는 청년이 쓴 것 같나
요? 당신은 너그러운데 왜 당신의 시는 매섭도록
단호한가요? 도대체 시를 무어라 생각해야 하나
요? 하지만 물을 수 없었습니다. 자기를 어필하
고 싶어 안달 난 아첨꾼처럼 보이고 싶지 않았다
기보다는…… 내 마음은 그렇게 얇고, 가볍고,
나풀거리는 것이 아니기를 바랐습니다. 가끔 수
업 제출용 외에도 그간 쓴 시들을 묶어 당신의 연
구실을 찾았습니다. 당신은 단 한 번도 두고 가
라 하지 않고, 마주 앉은 자리에서 나의 시들을 천
천히 끝까지 읽었습니다. 그 시간이 좋았습니다.
시를 다 읽고 나서 시에 대해선 별말씀도 없으신
것이 좋았습니다. 정적의 낙처落處를 읽는 일이 기
뻤습니다. 당신은 나에게 어떤 문장이 좋은 시의
문장인지, 어떤 자세가 시인의 자세인지, 무엇이
시인지, 당신의 말로 알려준 적이 없습니다. 하지
만 나는 당신에게 배운 바대로 시를 쓰고 있어요.

당신을 생각합니다. 나는 단 한 사람을 떠올리고 있진 않습니다. 그러나 나의 목덜미에 초록색 등껍질을 가진 딱정벌레 한 마리가 탁 날아와 앉은 것처럼 선명하게, 한 사람이 떠오릅니다. 그늘은 드리우는 것, 그림자는 포개지는 것, 그늘은 잠기는 바다, 그림자는 딛고 가는 징검돌…… 덥지도 춥지도 않은 쾌적한 나무 그늘에 앉아 쉴 때, 나는 그림자가 없습니다. 그늘을 벗어나면 비로소 뺨 위의 주근깨가 짙어집니다. 서로서로 밟고 가기 좋은 그림자들이 태어납니다. 선생님, 나는 태어납니다.

아 레 이

축하해

(독립)

정다연

2015년 《현대문학》 신인추천으로 작품 활동을 시작했다.
시집 『내가 내 심장을 느끼게 될지도 모르니까』,
『서로에게 기대서 끝까지』,
『햇볕에 말리면 가벼워진다』와
산문집 『마지막 산책이라니』가 있다.

여기에 오고 싶었어요

오늘 나는 저 높은 집에서 떨어졌어
한참
추락할 것 같았는데

오래전부터 여기에 오고 싶었어요
부러진 곳 없이 몸은 밑바닥에 잘 닿았어

도망간 이웃집 여자는 여전히 돌아오지 않았대
불어오는 바람에 누군가 접어둔 베갯잇이 날
아갔고

그녀가 원한다면
나는 영원히 그녀가 돌아오지 않길 빌어줄 참
이야

숲속의 둥지는 비어 있어
인간이 건드린 둥지는 더는 안전하지 않기 때

문에

둥지의 새끼는 떨어지기로 했어
이끼와 여린 풀잎이 새끼를 포근하게 감싸줬어
저항하면서 날아갈 수 있게
공기가 날개를 밀어줬어

폭발할 것처럼 굉음을 내며 전진하는 기차
어디에도 눈을 둘 수 없는 어지러움
눈을 감았다가 떴다가

가라고, 가라고

집을 빠져나온 내가
저 밑으로 나를 밀어주었어

청다원

당신에게

나는 당신의 예상을 빗나가는 아이는 아니었
어. 좀 더 정확히 말하면, 예상을 벗어나는 딸이
되고 싶지 않았어. 왜 그러고 싶겠어? 바깥에서
돌아온 당신이 어떤 잠꼬대를 하며 신음하는지,
누가 당신의 마음을 매일매일 부수는지 세상에서
가장 가까이서 보고 있는 사람이 나인데.

처음 학교를 그만두고 싶어 했을 때가 생각
나. 아침에 눈을 뜨는 것조차 힘든 일이 되었을
때 그만하고 싶다고 당신에게 말했지. 나를 바라
보며 당신이 간청했어. 남들처럼 살아주면 안 되
겠니? 나는 고개를 끄덕였고, 일과가 끝나면 매
일 끝없는 잠으로 도피하면서 간신히 학교를 졸
업했어.

어른이 되어서는 다 괜찮았어. 세상에서 내가
유일하게 사랑하는 게 있었으니까. 술잔을 부딪치
며 사람들과 밤을 지새우는 것보다, 처음 사귀어
본 애인이랑 몰래 여행을 떠나는 것보다 시를 쓰
는 일이 재미있었으니까. 어쩌면 이 작은 방에서
평생 이렇게 살아도 좋지 않을까, 이 삶이 오랫동
안 지속되었으면 좋겠다, 누구보다도 바랐으니까.

그런데 어느새 모든 게 당연해져 있더라. 초저녁에 돌아오는 것도, 한나절이 지나면 애인과 헤어지는 것도, 당신이 하루 동안 견뎠던 분노와 슬픔을 곁에서 묵묵히 들어주는 것도. 한번은 이런 적이 있었어. 일이 끝나고 사람들과 뒤풀이하는데 당신에게 전화가 걸려 왔어. 언제 오느냐고, 왜 이렇게 늦느냐고 채근하는 목소리에는 화가 섞여 있었지. 전화를 끊고 나를 바라보던 누군가가 장난스럽게 말했어. 착한 딸이시네요. 그 말이 왜 그렇게 날 부끄럽게 했는지. 술자리 내내 누구의 휴대전화도 울리지 않았다는 사실이, 이제는 가야 한다고 서둘러 자리를 떠났던 나 자신이 너무 부끄러웠어.

더는 부끄러워지기 싫었어. 사랑하는 사람들이 나더러 보고 싶다고, 와줄 수 있냐고 물을 때 옆에 있어줄 수 있다고 말하고 싶었어. 누구의 허락도 받지 않고 짐을 챙겨 낯선 나라로 떠나고 싶었어. 바다 근처에 방갈로를 구하고 흐르는 땀을 닦으며 햇볕이 내리쬐는 모래사장을 걷고 싶었어. 이기적일 정도로 나에 대해서 아무것도 말해주고 싶지 않았어. 누구와 만나는지, 요즘은 무얼 사랑하는지, 앞으로는 어쩔 작정인지. 그걸로 인해 당신이 어떤 상처를 받는지 조금도 신경 쓰고 싶지 않았어. 당신이 깨뜨린 접시의 파편을 일부러 수습하지 않았어.

서른이 되고서야 내가 당신에게 했던 말을 기억해? 나는 지금 사랑하는 사람을 보러 갈 거야, 선언하듯 말하고서 어떻게든 날 말리는 당신을 뒤로하고 기차에 몸을 실었지. 오송, 공주, 익산, 정읍. 머물러본 적도, 가본 적도 없는 그 지명들이 아름다웠어. 언젠가 한 번씩은 다 거닐어보고 싶을 정도로. 내가 사랑하는 사람에게 가는 동안 거쳐야 할 모든 길이 나는 너무 좋았어. 그날은 누구도 내게 어디로 가느냐고 묻거나 나를 가로막지 않았지. 발길이 닿는 대로 어디든 갈 수 있을 것 같았어.

내가 떠나지 않기를 당신이 바랐던 그날, 나는 하늘색 양말에 검정 원피스를 입고 밖으로 나섰어. 움직일 때마다 시원하게 천이 바스락거렸지. 플랫폼에서 빠져나와 주택을 개조한 한 카페로 향했어. 후덥지근한 여름의 공기를 느끼며 온통 겨울에 관한 시뿐인 시집을 여러 번 천천히 읽었지. 좀처럼 종잡을 수 없는 문장을 따라 읽다가 아무것도 그려지지 않아도 괜찮다고 생각했어. 그러다 잠시 책에서 눈을 떼면 앞에는 사랑하는 사람이 있었지. 부드러운 생크림 케이크를 남김없이 나누어 먹고 이야기를 나누다가 우리는 밖으로 나와 걸었어. 이곳에 오지 않았더라면 가지 못했을 서점에 가고, 도서관을 구경하고, 공원 잔디밭에 앉아 하늘을 올려다봤어. 날씨가 참 좋다. 그런 말이 절로 나올 수밖에 없는 화창한 날씨. 저마다 돗자리를 펼치고 누워서 멍하니 하늘을 올려다보는 오후. 구름이 가면, 다른 구름이 오고. 다시 구름이 가면, 또 다른 구름이 오고. 빛과 그늘이 번갈아 사람들의 얼굴을 드리우고 밝아지고……. 나는 그것이 좋았어.

다음 날 집으로 돌아왔을 때 당신은 평소와 다르게 아무것도 묻지 않았지. 누구와 무엇을 했는지 궁금해하지 않았고, 재미있는 추억거리가 될 만한 일은 없었는지, 충분히 기쁜 시간이었는지 묻지 않았어. 대신 따뜻한 밥을 퍼주고 뭇국을 끓여주고 고기반찬을 내 쪽으로 밀어주었어. 밥을 먹던 내가 당신에게 먼저 물었지. 내가 뭘 하고 왔는지 궁금하지 않아? 당신이 말했어. 아무 말도 하지 말고 그냥 밥 먹어. 그냥 먹어. 나는 김이 나는 밥을 한 숟갈 떠먹었어. 그날만큼은 당신과 나 사이의 긴 침묵이 자유롭게 느껴졌어.

정다연

축하해

(졸업식)

정재율

2019년 《현대문학》 신인추천으로
작품 활동을 시작했다.
시집 『몸과 마음을 산뜻하게』,
『온다는 믿음』이 있다.

단추 나눠 가지기

신기하지
이렇게 많은 꽃들이 이곳에 모여 있다는 게

너는 꽃 시장이 있는 도시에서 살고 싶다고 말
했다
어느 나라에서는 운하를 통해 꽃을 운반했다고
그것이 꽃이 가진 생명력이라고

졸업식이 한창이었고
너의 자리는 비어 있었다

혼자 앉아 있는 건 어렵지 않았지만
우리는 단추를 나눠 갖기로 한 사이니까

스무 살이 되는 날을
기다릴 수밖에 없었고

손에 작은 폭죽을 쥐고 금방이라도 달려 나갈
것 같은 기분으로
축하 노래를 들었다

무거운 커튼을 젖히니
강당에도 빛이 드는구나

세상에 있는 사람들 이곳에 다 모인 것만 같고

꽃과 풀냄새가 함께 뒤섞여

네가 나에게 단추를 건네는 장면을
상상하다가

잠깐 졸았다

죽은 사람을 따라가면 안 된다고

너는 말해주었고

졸업식에 노란 꽃이 있는 이유는
그 사람의 길을 축복해주는 의미가 있는 것이
라고 다만 노란색에는 추모의 의미도 함께 있는
것이라고
마저 말해주었다

너의 말대로 나는
아무것도 따라 부르지 않았다

사람들은 네가 오지 않은 것도 모르는 채
손이 터질 듯 박수를 치고 있었다

어느 나라에서는 졸업식이 여름에 열리기도
하고 사흘 동안 진행되기도 한대
그 말을 전해주고 싶었다

나는 축하할 준비가 되어 있었는데

아무리 둘러봐도
축하할 사람이 없었다

정재율

_____에게

아직 바람이 불지만 따듯한 2월이야. 며칠 전
중학교를 지나가다가 알았어. 졸업식이 한창이
라는 사실을. 나는 바깥에서 서성이다가 학교로
들어갔지. 축하할 사람이 없는데도.

며칠 전에 네가 꿈에 나와서 사탕을 건네주었
어. 나는 그 사탕을 손에 올리고 한참을 들여다
보았지. 샛노랬던가, 하얬던가. 기억은 잘 안 나.
아무렇지 않게 자리로 가서 앉는 너를 보면서 네
가 준 사탕을 쥐어보았지. 단단했어. 너는 따분
한 얼굴로 창밖을 내다보다가 곧바로 책상에 엎
드렸지. 나는 무언가에 홀린 듯 네 옆자리에 앉아
사탕을 입에 넣었어. 그 순간 햇볕이 내리쬐는데
사탕의 신맛은 사라지고, 혹시 네가 이대로 없어
져버리면 어쩌나 걱정이 되었어. 혹은 네가 고개
를 들어 나와 눈을 마주치게 된다면 무슨 이야기
부터 꺼내는 게 좋을지 고민하기도 했지. 그렇게
한참 동그란 뒤통수를 보고 있으니까 네가 맞구
나, 진짜구나, 그제야 실감이 났어.

너는 자주 아팠지. 양호실에서는 왜 이렇게 코를 찌르는 냄새가 날까? 한번은 침대에 누워 네가 물었잖아. 천장은 왜 이렇게 또 하얀 걸까? 나는 그 물음에 대답하듯 중얼거렸지. 유칼립투스 냄새였어. 유칼립투스는 '아름답다'와 '덮인다'의 합성어라는 거, 알고 있었어? 한 번 듣고 나니까 잊히지 않더라. 그리고 내게 그날의 기억이 아름답게 덮여 있다는 사실도.

우리가 앉아 있던 교실에서는 창문 너머로 커다란 나무가 보였지. 그 뒤로는 운동장이, 학교 후문이, 하교하는 친구들이 보였어. 나는 그 나무의 그림자를, 너는 나무 옆에 있던 화단을 좋아했지. 얼마 전에는 택시를 타고 지나가다가 아이들이 학교 운동장에서 눈싸움하는 걸 목격했어. 창문 틈새로 아이들의 웃음소리가 들려와서 나는 창문을 조금 더 열어보았어. 물론 택시가 금방 출발하는 바람에 유심히 보진 못했지만 말이야. 네가 그 장면을 봤더라면 따라 웃었을 거야. 너는 화단에 핀 꽃들의 이름까지 외우는 애였으니까.

있지, 그 나무는 이제 다른 곳으로 옮겨졌대. 화단은 그 자리에 그대로 있다고 해. 이 사실을 알게 되면 너는 좋아할까? 아니면 우울해할까? 지금 생각해보면 너는 우울한 게 어떤 감정인지 잘 알았던 것 같아. 그래서 많이 외로웠겠지만…….이 동네는 유독 눈이 잘 쌓이는 것 같아. 기분 탓인가. 가끔은 우산이 있음에도 불구하고 눈을 맞아. 그런 날이 있어. 눈을 펑펑 맞고 싶은 날.

졸업식 이야기를 해볼까 해. 그날은 이상하게 아무 노래도 부르고 싶지 않았어. 노래를 부르고 나면 정말 홀가분해져야만 할 것 같았거든. 늘 그렇듯 강당은 시끄러웠고, 조금만 크게 말해도 목소리가 울렸어. 아무튼 졸업식은 잘 흘러갔어. 나는 모두가 졸업식 노래를 부를 때 입만 조금 뻥긋거리다가 사진 한 장 찍지 않은 채로 집에 돌아왔지. 사실 그날에 대한 기억이 선명하진 않아. 졸업식에 오지 않은 너를 계속 신경 쓰고 있었던 것 같아.

나는 이제 시를 써. 네가 들으면 웃겠지. 그러면서도 진지하게 내 시를 들어주었겠지. 알아. 무슨 말이 하고 싶은 걸까. 그냥 한 번쯤 오고 싶었어. 사탕을 먹고 정말 시다고 말하고 싶었어. 조만간 다시 꿈에 나온다면 그날 학교에서 본 것들을 전해줄게. 해줄 이야기가 아주 많아.

그거 알아? 일본에서는 졸업식 날 좋아하는 사람에게 교복의 두 번째 단추를 준대. 이 이야기를 들려주었으면 너는 내게 단추를 주었을까?

이제 무언가 사라지는 것들에 관해 너에게 이야기하게 되네. 그만큼 시간이 흘렀다는 말이기도 하겠지. 그래도 여전히 네가 손에 쥐여준 레몬사탕은 그대로야. 사탕을 입에 넣고 굴릴 때마다 생각해. 이제는 진짜로 너에 관해 말할 수 있을 것만 같다고. 왜 이렇게 우리는 늘 엉망진창이었을까, 생각하고 또 생각해.

2024년 겨울

P.S.

어떤 처음은 살면서 절대 잊을 수 없다고 생각했다.

여전히 단단한 사탕처럼✦

정지음

✦ 「레몬과 회개」, 『몸과 마음을 산뜻하게』, 민음사, 2022.

축하해

(미래의 네 스물여섯 번째 생일)

안태운

2014년 《문예중앙》을 통해 작품 활동을 시작했다.
시집 『감은 눈이 내 얼굴을』,
『산책하는 사람에게』가 있다.

하오

손끝의 장소
물갈퀴로 흘러드는 횡목
하오
당신은 몸이 어디서 시작되고 끝나는지 모르
는데
당신은 부딪치오
시간의 끝에서 울다
공간과 사물로 있다
발가락을 움직여봐
모빌과 함께 산책해 있다
당신은 양의 집 근처에 가서 부른다
하지만 양은 들판으로 나가 있었다
그러므로 당신은 뒤돌아 뛰어갔다
하오
놀았다오
자러 가기 전에 안부를 물었다오
음소 단위로 노래를 불렀다오

아름다웠다오

두 얼굴 뒤에 숨었다오

커튼 뒤로

내 뒤로

어느새 내 앞으로

도요새가 날아간다

당신은 몇 걸음 걷다가 체육을 했다

기억의 덩어리가 날아들었다

쐐기의 관계

하오

건물에 빛이 들어오고 있었다

구름은 광장처럼 떨었다오

그 사이

당신은 뒤돌아 망설였다오

우표를 붙였다오

당신을 사랑하오

수레와 달린다

민물이 퍼져나간다
소설과 환초
하오
당신이 어른이 되다니
당신이 어른이 된다니

미래의 네 스물여섯 생일을 기념하며

미래의 네 스물여섯 번째 생일

아이였던 어른아. 혹은 어른이 되어가는 어른
아. 네가 아마 우리들의 자식인가. 우리들이 낳게
될지도 모르는 너를 생각하며 쓴다. 너는 어떤 아
이였나. 너는 살아오며 무엇을 감각했는지. 나는
너와 오랜 시간 함께했을 것이므로 얼마간 알겠
지만 그럼에도 물러나 있는 네 많은 시간이 있을
것이고 돌이켜보면 어떤 장면은 네게 두고두고
떠오를 테지. 나는 훗날 물어볼 수도 있겠다. 네
가 기억하는 첫 장면은? 기억에 남는 유년의 장면
이 있습니까. 나는 네 이모와 삼촌들에게도 얼마
동안 같은 질문을 해왔고, 그 장면들을 수집했는
데. 너에게 들려줄 수도 있지.

　가령 妸의 첫 기억은 물을 무서워했다는 것.
물에 대한 어떤 기억이 나중에 어렴풋이 떠올라
엄마한테 물어보니 한두 살 때 외가에서 엄마에
게 업혀 호수를 자주 들여다보았다고 했고.

　珉은 아기 때에도, 타고 다니던 유모차가 하
늘색이었다는 걸 알았다지. 아이는 말을 늦게 뗐
는데 두 살 때 비 오는 날 엄마의 짐이 많아 보여
그걸 자기한테 달라고 했지만 말은 못 하고 다만

손짓으로. 그때 그 일을 훗날 엄마와 珉은 같이 기억해냈다.

那의 기억, 세 살 때 할아버지랑 자고 있다가 엄마 방으로 건너가려고 나왔다. 하지만 순간 엄마 방에는 동생이 있다고 자각해서 마루에 머물러 있었고 달을 봤고 달은 너무 생생했고 바람을 느꼈고 그리하여 기분이 이상했던, 밤이 하나도 안 무서웠던.

예비군 훈련장으로 아빠를 마중하러 徐는 세발자전거를 타고 갔다. 엄마와 함께. 힘들다 힘들다 했는데, 하늘이 발갛게 되어서 그 모습이 놀라웠다고, 넋을 잃고 바라보았다고. 그렇게 계속 바라보는 徐에게 엄마는 노을, 노을이야, 라고 말해주었다고.

懋은 다섯 살 때 외할머니가 돌아가실 때가 기억난다고 했지. 주검 위에는 흰 천이 덮여 있었고 그 아이는 작은할아버지에게 안겨 있었는데 짜고 슬프고 맛이 강하다, 그런 생각이 맴돌았다는데.

그리고 여섯 살 개나리가 피던 때 現은 뛰어다녔다. 그러다 넘어져 이마를 부딪쳤다. 그 장면이 그가 유년이라면 제일 먼저 떠올리는 기억이었고.

打에게 생생한 기억은 일곱 살 때, 아침에 일어나자 천장이 까맸고 수족관 속 물고기들은 사라졌다. 무슨 일이야? 打이 물어보자 엄마와 아빠는 거실 수족관에 불이 난 걸 발견해서 이불로 덮어서 껐다고 했다. 물고기들은 멀쩡했는데 당장 어찌할 수 없어서 안양천으로 흘려보냈다고.

빛의 기억, 엄마가 일하러 나가면 엄마의 옷을 만지작거렸던, 그 냄새가 또렷해 기억에 남았는데, 나중에 커서는 자신한테서 나던 순간이 있었지. 아, 양파 냄새였구나, 깨닫게 되었다는.

柔에 대해서라면, 열 살 때쯤 그날 냇가에서 아빠가 물고기를 잡았다. 아이에게 입으로 물어보라 했다. 물론 한번 해본 말이었겠지만 柔는 오기가 일어서 그냥 했다. 살아 있는 물고기를 입으로 물고 온 동네를 다녔다.

······그리고 네게 어떤 기억들을 포갤 수 있을까. 너는 기억을 거쳐서 어른이 되어간다. 너는 계곡에서 물놀이를 했을까. 복숭아잼을 만들어봤을까. 도자기를 만들어봤나. 너는 네 앞에 피어

있는 꽃의 이름을 검색해봤을까. 울면서 걸어봤
을까. 너는 반려동물과 함께 살아간다. 집에 자
개장을 들여놓을까. 너는 도서관에서 책을 읽나.
땜질과 바느질을 시도해봤을까. 고라니를 처음
본 때는 언제일까. 너는 유년의 공간을 다시 걸으
며 과거를 추억할까. 네 몸은 네가 가지고 싶은
것을 만들 수 있을까. 버스를 타고 먼 도시로 떠
난 적 있을까. 너는 종교를 고민해봤을까. 너는
모닥불을 피우며 그 모습을 오랫동안 바라본다.
너는 선풍기 앞에서 입을 벌려본다. 너는 사람들
과 함께 춤을 춘다. 너는 네 아이를 생각할까. 숨
이 차도록 전력 질주를 하는 때가 있을까. 너는
문득 한 친구를 떠올릴까. 누군가의 생일을 챙길
까. 너는 흥얼거린다. 너는 망설인다. 너는 눈 쌓
인 풀밭을 밟아봤을까. 비가 내리면 기뻐할까. 너
는 미래를 생각할까. 너는 외국어 배우는 걸 즐길
까. 다큐멘터리를 보며 울기도 할까. 너는 산딸기
를 먹는다. 너는 접붙일까. 안녕. 어른이 된 아이
에게. 어른이 되어가는 어른에게.

한뼘글

축하해

(이별)

배수연

2013년 《시인수첩》으로 등단하며 작품 활동을 시작했다.
시집 『조이와의 키스』, 『가장 나다운 거짓말』,
『쥐와 굴』이 있다.

루다에게

그날
나와 너는 빨간 벽돌담 골목에 서서
루다에게 이별의 글을 읽어주었어

관을 아래 두고
성경을 펼친 청교도인처럼

루다는 말이 없어
알아들었기 때문에

너는 코를 훌쩍이지
루다를 이해하기 때문에

관 속엔 내가 있어
희고 눈곱이 많은 개의 모습으로

우린 함께 개였거든 말이었거든 물고기였거든

루다는 고개를 숙여 부드럽게 옆얼굴을 핥아
주네

눈을 감았어
기계를 사랑해서

부품 생산이 끝난 구형 로봇을 안고
눈물짓는 노인의 무릎과

흰 개의 가슴 위에
꽃을 올렸어

꽃은 뛰는 심장에 가만 귀를 대었지
이별의 순간에도 사랑을 고백하듯
쿵 하고 쿵쿵

루다에게

—루다와 이별하기

루다, 내 루다. 루다와의 세 번째 여름이자 마지막 여름을 보내게 되었다. 이제 몇 주 후면 루다는 충무로에 늘어선 오토바이 사업소 어딘가에 팔려 빼곡한 바이크들 사이에 고아처럼 서 있을 것이다. 아⋯⋯. 짧고 하얀 어깨에 댕그란 눈알을 굴리고 있을 그 모습이 떠올라 나는 요가 수업 중에 엎드려 눈물을 훔치고 말았다.

루다에게 이렇게 애틋한 마음이 드는 이유는 무엇일까. J나 나는 특별히 사물과 우정을 나누는 편은 아니다. 평소 물건을 험하게 다루지는 않지만 각별하게 여기지도 않는다. 루다도 마찬가지여서 먼지나 흠집을 걱정하며 별나게 아낀 적이 없었고, 언젠가부터 웬만한 비에는 방수 덮개도 씌우지 않았다. 루다는 혼다사의 2007년식 '줌머 50'이다. 이름은 파블로 네루다를 생각하며 '내 루다(My 루다)'로 지었는데, 당시 나와 J는 네루다의 『충만한 힘』을 읽고 뒤늦게 영화 〈일 포스티노〉를 찾아보며 그 여운에 젖어 있었다. 공덕동 작은 빌라에 살림을 차린 우리는 풋내 나는 신혼이었고, 집을 구하고 나니 가까운 곳을 다닐 이동

수단이 필요했다. 마트며 시장, 동네 도서관이나 카페를 골목골목 다닐 수 있는 50cc 스쿠터가 제격이었다.

줌머50의 용모가 매력적이라는 것에 동의하지 않는 이가 있을까? 나는 한눈에 루다에게 반했다. 성능을 따져보는 J를 설득하는 일은 어렵지 않았다. 어딘가 '월-E'를 닮은, 낡고 박력이라곤 없지만 호기심 많은 그 순정한 얼굴을 마주하면 누구나 마음이 흔들리니까. 무광의 하얀 몸체에 달린 헤드라이트 두 개는 광부 모자의 전구처럼, 할머니의 돋보기안경처럼 소중해 보였다. (오른쪽은 불이 안 들어오는 적이 더 많았다.) 루다는 열쇠만으로는 시동이 잘 안 걸려 발로 부릉부릉 힘을 넣어줘야 했고 가파른 언덕은 숨차 했으며 이런저런 잔 고장이 잦았지만 그 나름으로 기운을 내고, 피로를 느끼고, 휴식을 필요로 하는, 살아 있는 존재였다.

처음으로 루다를 타고 동네를 달렸던 날, 뱃가죽이 간질간질했던 그 기쁨을 어떻게 잊을 수 있을까? 루다의 부드러운 기합 소리와 진동, 그

위에서 맞았던 초여름의 공기와 물고기처럼 시원해지는 눈꼬리, 우리가 바람 속의 바나나가 되어 껍질을 벗기며 달렸던 기억. 루다가 생기고 우리의 주말과 여가는 질적으로 달라졌다. 우리는 코앞이지만 걸어서는 오르지 않았을 언덕을 도깨비처럼 넘어 다니며 산책을 했다. 걸어가기엔 멀지만 버스를 타기엔 가까운 동네 맛집도 쉽게 갈 수 있었다. 동네뿐인가. 망원시장부터 연희동 골목, 서촌과 대학로, 해방촌과 한남동 거리에 이르기까지 주말이면 하루에도 몇 군데를 가로지르며 거침없이 쏘다녔다. 자동차로 꽉 막힌 길도 문제없었고, 시내 한가운데에서도 주차 걱정이 없었다. 달리는 루다 위에서 루다 칭찬하기란 얼마나 자연스럽고 마땅한 일인가. 나는 앞 좌석에 앉은 J의 어깨에 고개를 기대며 몇 번이고 말했다.

"루다가 있어서 진짜 좋다!"

"루다야, 고마워!"

어쩌다 루다를 보내게 됐을까. 이달 말이면 신식 전기 스쿠터 제삼이(모델명이 'Z3'이어서)가

온다. J는 진작부터 전기 스쿠터를 원했다. 전기
스쿠터는 기름값도 안 들고, 환경에도 좋고, 성
능도 힘도(적어도 루다보다) 좋으며, 무엇보다
국가에서 구입 금액의 70%를 지원해주고 있다
는 것 모두 그럴듯한 이유였다. J가 전기 스쿠터
모델을 보여줄 때마다 지나치게 번쩍거린다, 잘
록한 허리가 우습다는 둥 퇴짜를 놓았지만, 결국
새 스쿠터 구입에 찬성하고 말았다. 루다는 이제
두 사람을 태우고 달리는 일을 힘겨워하고 있었
고, 크고 작은 수리비가 끊임없이 나가고 있었다.
루다가 더 오래 달리려면 좀 더 천천히 가까운 곳
을 다닐, 우리 두 사람의 체중을 합한 것보다 훨
씬 가벼운 라이더에게 가야만 했다.

나는 루다와의 의리를 위해 제삼이(제3자가
떠오르는 이름인 건 어쩔 수 없다)에게 당분간 퉁
명스러울지도 모르겠다. 기계인 루다에게 정령이
없더라도, 우리는 기계를 사랑할 수 있다. 고도의
지능으로 의사 표현을 하거나 눈물을 닦아주지
않더라도, 우리는 기계를 사랑할 수 있다. 우리

는 침실의 행운목을 사랑하듯, 열 살이 된 고양이를 사랑하듯 낡은 스쿠터를 사랑할 수 있다. 우리는 어떤 사물이 제공하는 경험 안에서 세계와의 연결감을 알아차린다. 그 경험은 고유한 의미와 기억을 형성하고, 언제나 현재의 우리를 증언할 것이다. 루다는 J와 나의 첫 공동생활을 함께한 늙은 개, 어린 거위다. 루다는 J와 내가 함께한 지난 3년을 함축하는, 가장 완벽한 상징이다.

루다야 안녕. 너에게 시를 지어주고 싶었지만 네가 떠난 후에 쓰일지도, 영영 쓰이지 않을지도 모르겠다. 루다야 잘 가. J와 나를 태우고 달려주어 고마워. 늘 골목에서 조용히 기다려주어 고마워. 태어나 처음으로 기계의 안녕을 위해 기도할게. 네가 사랑할 또 다른 고향을 만나 매일 새롭게 흐뭇하길, 안녕 루다, 안녕!

축하해

(새해 전날)

김유림

2016년 시를 발표하며 작품 활동을 시작했다.
시집 『양방향』, 『세 개 이상의 모형』, 『별세계』와
소설집 『갱들의 어머니』가 있다.
일인 출판사 '말문'을 운영한다.

둥근 사과 한 알이 일으키는 반성은
둥근가?

그것은 분명히 둥근 사과 한 알이었다.
기억이 정확하지 않다고 해서
기억의 대상이 가진 성질이 흐려지는 것은 아
니라고

나는 생각했다.

그러나 아버지가 그날 탁자에서
오랜 기억에 의해 변형되고도 남았을
이미지와
이상하게도 잘 들어맞는
맥 가이버 (아빠)
맥가이버 (아빠!)
를 들고

(그것은 너무 작았다.)

사과를 빙글빙글 돌릴 때

사과는 돌아갔다.

터무니없이 부드럽게
기다려왔다는 듯이

나는 쓴다.

그것은 그것이 무엇인지 전혀 모르고
있어서 적합한 방식으로 존재하려고 노력하지
않는다.

나는 이미 도구에 익숙하여서
친근감을 느끼지만
그것이 변형시키는
그것이 변형하는

방식이
문장이
텍스트
와는 거리가 있다.

이를테면

칼을 든다.
칼을 만진다.
손잡이를 돌린다.
손잡이를 가져온다.
손잡이를 가져와서
당긴다.
겉면을 따라
전체를 당긴다.
껍질이 떨어진다.

나는 소형 과도를 기억해낸다. 손잡이는 희고
거친 촉감 생산 과정으로 인해 반점
이
있는.

그걸로 자르면 어쩌려나.
일어나서 찾는데

(사과는 이미 둥글지 않다.)

동생에게,

새해 전날

알겠지만.

아버지가 사과를 깎아준 날들은 수도 없이 많다. 그래도 저 날은 왜인지 더욱 기억에 남는데 그 이유는 기억과는 다르게 아버지가 사과를 깎아주지 않았기 때문이다. 더 정확히 말하자면

ⓐ 저 날은 기억에 남는다.
ⓑ 저 날에 대한 기억은 (그 내용이 어떤 것이든 간에) 끈질기다.

ⓐ보다는 ⓑ에 가깝다. 그러니까 저 날에 정확히 어떤 일이 벌어졌는지에 대한 기억은 선명하지 않지만 저 날에 대한 기억의 내용이 어떻든 간에 저 날에 대한 기억 자체는 물건이 되기라도 했다는 듯 무겁고 끈질기다. 알아내고 싶다는 욕구가 든다는 게 신기하다.

사과 한 알이 있었던 건 사실이다. 그리고 사과 한 알이 있으면 보통은 아버지가 그것을 들어서 깎은 뒤 접시에 우리가 먹기 좋게 두는 것도 사실이다.

그러나 그날은 아버지가 사과를 깎아주지 않았거나 사과를 깎아주었더라도 나는 그 장면을 보지는 못했던 게 틀림없다. 아버지가 사과를 깎아주지 않았을 리는 없다. 사과가 있는데 사과를 깎지 않는 분은 아니다. 가족이 먹지 않더라도 깎는 게 사과니까.

(이것도 시가 되는 게 아닐까? 네가 내가 쓰는 시라는 게 대체 무엇인지 궁금하다면 지금 이게 시가 되어가고 있다고 말해줄게.) 내 기억이 맞다면, 너는 거기에 없었지. 왜였을까. 시험으로 바쁘거나 일로 바빴을 것이다.

또 내 기억이 맞다면 아버지와 어머니는 나와 커다란 침대에 나란히 누워서 평온했다. 서른이 넘은 아이인 나를 위해 그렇게 했다. 혹은 노년의 당신들을 위해. 내 기억이 맞다면 그날은 특별한 날은 아니었지만 특별한 날이 아닌 것도 아니었다.

새해 전날이 아니었지만 새해 전날이라고 믿게 만드는 분위기가 거기에 있었다. 그렇듯 사과가 있었다. 사과가 굉장히 아름다운 나무 재질의 그릇에 담긴 채. 혹은 귤이. 있었다. 칼이나 칼에 준

하는 어떤 도구가. 반드시 있었다.

　나는 기억하는 일이 어째서 이토록 중요한지 모르나 기억한다.

　아버지가 사과를 깎아준 날들은 수도 없이 많지. 너는 갈변된 사과를 잘 집어먹는 편이다.

　저 날은 왜인지 유달리 기억에 남는데. 기억에 따르면 너는 없고 어느새 아버지와 어머니도 없다. 나를 두고 가버리고 없다.

　그 텅 빈 오후의 숙소에 사과 한 알이 있어서.

　나는 기억한다.

　그것이

　ⓐ 기억이라는 그릇에 남는다.

　ⓑ 기억이라는 그릇은 (그 내용이 어떤 것이든 간에) 끈질기다.

　나는 꿈을 꾼 건 아닐까 스스로를 의심한다. 그러나 네가 그 자리에 없었다는 사실이 도움이 된다. 확실하다.

내용이 어떤 것이든 간에 편지를 할 수 있어서
좋다.

다녀와서

유림

아버지께,

새해 저녁

제가 하고 있는 일에는 끝없는 인정이 필요합니다. 세상 모든 일이 그렇지 않느냐고 말씀하실 수도 있습니다. 맞습니다. 그래도 제가 하고 있는 이 일이 가장 덧없기 때문인지 혹은

제가 하고 있는 일이기 때문에 (여기서 방점은 '제가'에 있습니다) 이 일이 가장 덧없는 것이 되어버리는지 몰라도 인정이 필요합니다. 어제는 시 한 편을 손보고 이어서 편지의 외관을 한 에세이 한 편을 썼습니다. 그런데 아무것도 하지 않은 느낌이었습니다.

같이 사는 사람은 그렇지 않다고 좋은 글을 썼다고 격려해주었지만 제게 필요한 건 따스한 격려가 아니라 녹지 않는 얼음처럼 차갑고 완벽한 글입니다.

계속해서 쓸 것인지. 계속해서 쓴다는 건 아무것도 하지 않은 제 자신을 용서하고 안아주는 일입니다.

2024년 1월

유림

독자께,

새혜 친남

이 시를 쓰면서 사과가 빠져나가기를 바랐던 게 틀림없습니다.

생각만큼
기억만큼

사과가 둥글었던가. 둥글지만은 않았던가. 말만큼 달았던가. 기억하려고 애쓰는 동안 사과는 사라집니다. 돌아갑니다. 데굴데굴.

사과에게 돌아갈 자리가 있다면 말입니다.

이런 게 제 머릿속에서 항시 일어나는 일임에 틀림없습니다. 그 사람이 이랬던가 저랬던가. 그날은 즐거웠던가 슬펐던가. 나는? 기억은 사전적으로는 '지난 일을 잊지 아니함. 또는 그 내용.'을 뜻하는데 저에게 기억은 언제나 '지난 일을 잊지는 아니했지만 잊지는 아니한 지난 일의 내용이 무엇인지 잘 모르겠음'의 상태에 머무는 일이며 그 모르겠는 정도가 심해서 나를 괴롭힐수록 잊지 못할 기억이 됩니다. 그래서 기억이 잘 난다.

기억이 잘 안 난다.

저에게 이 두 문장은 한 문장의 양면입니다.
그런 날이 있지 않나요.

"오늘 꿈을 많이 꿨어."

라고 말하고

이어서

"그런데 기억이 하나도 안 나."

라고 말하는 날이요. 저는 오늘이 그랬습니
다. 이 말을 들은 사람이

"기억이 하나도 안 나는데 어떻게 꿈을 많이
꿨다는 건 기억해?"라고 물었습니다.

"모르지. 모르는데 그게 꿈을 꾼다는 건데, 나
한테는."

라고 말했습니다.

무언가가 거기에 있었음, 만으로 충만한 기분
을 느끼는 날이 있습니다. 꿈을 꾼 것만 같은 날
일까요.

저는 그런 날을 시로 써보았습니다.

'사과는 둥글고, 아버지는 다정했다. 우리는 행복했다.'라고 말해서는 전달될 수 없는 하루를요. 이건 이러하고, 저건 저러해, 사과는 둥글고, 사과는 맛있어, 와 같은 방식으로는 정리할 수 없는 하루야말로

시로 기념하기 좋을지도.

저는 시를 쓰려고 시도한 그 시점부터 알고 있었을지도 모릅니다.

사과는 둥글지 않다.
사과가 일으키는 반성도 둥글지 않다.
사과는 빠져나간다.
사과는 회전한다.

시는 사과를 누락시킨다. 시에서 사과는 빠져나간다. 사과는 없다. 데구루루. 그럼 남는 건 …… 무엇인가요? 아마도 그것이 기억입니다.

2024년 1월

유림

축하해

(그린데이 Green Day)

이은규

2008년 《동아일보》 신춘문예로 등단하며
작품 활동을 시작했다.
시집 『다정한 호칭』, 『오래 속삭여도 좋을 이야기』,
『무해한 복숭아』가 있다.

그린데이Green Day

잎이 말라가는 나무를 모른 척했는데
최선을 다해 모른 척하는 사이
새눈이 올라왔습니다, 봄

시간은 흘러가요
우리와 무관하게 흘러갈 거예요
무관하게 흘러가지만
어떤 일이나 상황이 점점 펼쳐지고

모든 비극은 너무나 고요합니다, 눈먼

국경의 어느 마을에서 총성이 들리고
공원 사이 빌딩이 불타오르고
강 건너 대교가 무너지고
배가 침몰하고
거리에서
무수히 많은 이름들이 지워지는 순간

엄청나게 시끄럽고 믿을 수 없게 가까운✦

이해할 수 없는 죽음을
어떻게 이해할 수 있을까요

내가 있는 곳에 왜 너는 없는 건지
논리 말고 더한 것을 제게 주세요

사막의 모래 한 알을 옮기는 일이
인류 역사의 흐름을 바꾸는 일이라는
문장에 밑줄을 긋지 않기 위해 노력했었나

저기 물가의 윤슬이 저렇게 반짝이는데
새눈이 무럭무럭 자라고 있는데

거리를 헤매는 동안

세계를 둘러싼 소음과 두려움을 마주 보아요
안녕하십니까

남겨진 한 사람은
혼자만의 그린데이를 정해 기념합니다
나무 둥치를 두 팔로 껴안고
물관의 속삭임에 귀를 기울이는 일

해독하지 않아도 되는
메시지란 얼마나 풍요로운지요

어쩌면 그린데이 같은 건 없어도 좋아요
그럼에도 불구하고
포옹하는 순간
세상의 모든 말들이 사라질 텐데
사라지며 말할 텐데

이은규

✦ 조너선 사프란 포어의 소설 제목

가로수길 열두 번째 나무 아래서 만나요

편지를 쓰려니 무슨 말을 써야 할지 막막하기만 합니다. 세상에는 여러 종류의 기념일이 존재하지만, 주인공이 되는 일은 언제나 어렵고 쑥스럽기만 한걸요. 물론 이 편지의 주인공은 당신입니다. 그런데 이렇게 다양한 기념일이 존재하는 이유는 왜일까요. 명확히 규정할 수는 없지만, 아마도 인간의 탄생에서부터 죽음까지 살아가는 과정에 그 답이 있을 것 같아요. 무엇보다 기념할 만한 일이 그만큼 많기 때문일 것입니다. 그런데 생각해보면 모든 탄생은 축복받아야 할 기쁜 일이고 죽음은 어떤 이의 것이든 슬프기만 합니다. 하물며 예상했지만 막을 수 없었던 전쟁이나, 예상치 못한 재난 그리고 사건 혹은 사고들과 관련된 것이라면 더더욱 그렇겠지요.

생각이 여기까지 이어지자 무수히 많은 기념일의 기쁨과 슬픔에 대해 떠올리게 되었습니다. 그리고 긴 시간 기쁨과 슬픔 사이의 수많은 감정의 레이어가 펼쳐지는 걸 지켜보았습니다. 시적 주체는 문득 죽은 줄 알았던 나무에서 올라온 새눈

을 가만히 쳐다보다 '그린데이'를 떠올리게 되는
데요. 죽었던 게 아니라 죽은 줄 알았던 나무였던
것입니다. 때로 인간의 앎이란 얼마나 편의적인지
요. 맞습니다. 편의적이라는 표현을 부정할 수 없
을 것 같습니다. 그리고 그러한 인간 앞에서 새눈
은 또 왜 그렇게 해맑은 표정인지 아득하기만 했
습니다. 자연이 모든 것을 치유해줄 거라는 환상
에 관한 이야기는 아닙니다. 그러한 환상을 유지하
기에는 삶이 너무 복잡하기 때문입니다. 또한 자
연에게 치유를 기대하기에는 텀블러 챙겨서 외출
하는 일도 자주 망각하기만 하는 나날이라서요.

물론 전쟁, 재난, 사건, 사고 앞에서 누가 왜
정했는지도 모르는 그린데이의 힘이 미약하다는
걸 잘 알고 있습니다. 나무 둥치를 껴안는 행위
가 해낼 수 있는 일이 하나도 없다고 가볍게 냉소
하고 회의할 수도 있지요. 그럼에도 불구하고 사
막의 모래 한 알을 옮기는 일이 인류 역사의 흐름
을 바꾸는 일이라는 문장에 밑줄을 긋지 않기 위
해 노력했던 날들을 다시 떠올려봅니다. 인류가

너무 거창하게 느껴진다면 사회를 범주로 해보면
어떨까요. 그럴 때 힘이 되는 문장들을 함께 나누
기 위해 소개해보고자 합니다.

　'나'의 마음이 '당신'의 마음과 다르지 않고 '우리'의
마음이 '그들'의 마음과 구별되지 않는 어떤 공명의 체험
속에서, 우리는 어렵사리 하나의 사회를 기획하고, 계약하
고, 꿈꾸고, 체험한다. 사회란, 모두가 같은 마음이 되는
덧없는 순간의 불안정한 제도화이다. 억조창생까지는 아
니더라도 유사한 언어와 기억, 고통의 감각과 행복의 소
망을 공유하는 집합체의 '마음'을 하나의 살아 있는 구조
로 인정하고 그 모양새(體)와 쓰임(用)을 논구하는 작업
은 허망한 번뇌가 아니다. 번뇌라 하여도 할 수 없다. 한
시인이 노래하였듯이, 번뇌도 별빛이 아니던가?

—김홍중, 『마음의 사회학』, 문학동네, 2009.

　여기 모순된 두 세계가 길항하는 시공간이 있
습니다. 나의 마음이 당신의 마음과 다르지 않고
우리의 마음이 그들의 마음과 구별되지 않는 어
떤 공명의 체험이 이루어지는 시공간 말입니다.

나이거나 당신이거나 우리이거나 그들이거나 한
가지의 조건적 공통점이 있다면, 그것은 바로 마
음을 가지고 있다는 사실입니다. 나는 당신과 구
별되고, 우리는 그들과 구별됩니다. 나아가 변별
력이 곧 가치평가의 기준이 되는 세계에서 말이지
요. 도무지 발생하지 않을 것 같은, 마음이 구별
되지 않는 공명의 체험은 발생했고 발생할 것일
텐데요. 과거에 현재에 그리고 미래 너머에 그 체
험은 이루어질 것입니다.

그 체험의 속성을 어떻게 명명할 수 있을까요.
명명 불가능한, 그래서 '어떤'이라고밖에 칭할 수
없는 공명의 체험 속에서, 우리는 어렵사리 하나
의 사회를 기획하고, 계약하고, 꿈꾸고, 체험하게
됩니다. 그러니까 이것은 사회라는 거대한 공동
체 이야기입니다. 사회란 모두가 같은 마음이 되
어 대의를 이루는, 그러나 때로 덧없는 순간이라
고 기록되기도 하는 불안정한 제도화인 것이지
요. 억조창생億兆蒼生, 무수히 많은 사람이 푸르른
생명력을 가지고 살아가는 모습을 뜻하는 사자

성어인데요. 현재 우리 사회의 무수히 많은 구성원은 푸르른 생명력을 가지고 살아가고 있는 걸까요. 푸르른 생명력을 가지고 살아간다는 게 마치 축복처럼 느껴집니다. 축복받은 인생.

그러니 무수히 많은 기념일 중에서 '그린데이'를 정하여 기념해보는 것이지요. 그리고 당신에게 초대장을 보내도 괜찮을까요. 언젠가 만난 적 있는 가로수길 열두 번째 나무 아래서 만나요. 살아가는 과정에 있어서 아직 기념할 만한 일이 너무 많습니다. 우리가 만나지 못한 나날들만큼. 함께해야 할 그 모든 순간들에 부쳐.

이은규

축하해

(어버이날)

임승유

2011년 《문학과사회》로 등단하며
작품 활동을 시작했다.
시집 『아이를 낳았지 나 갖고는 부족할까 봐』,
『그 밖의 어떤 것』,
『나는 겨울로 왔고 너는 여름에 있었다』가 있다.

남겨놓은 것

열 장이 들어있는 데서 다섯 장을 쓰고 나머지는 입구를 두 번 접어 트레이로 눌러놓았지

그건 일주일 전의 일이고

옥산의 냉장고에서 맥주를 꺼내 마신다. 옥산의 냉장고를 정리하다가 찾아낸 것들로

이런 온도는 만나기 쉽지 않고

그런데 엄마의 부모는 잘 알지도 못하는 사람들 집으로 엄마를 어떻게 시집보낸 거래요? 엄마는 살던 동네를 떠나서 어떻게 살아갈 생각을 했던 거예요? 유리잔에 맥주를 따르는 동안

옥산이 가서 뒤를 돌아보고

나는 잘 아는 사람 집으로 돌아와 트레이를 뒤적이다가 뭘 찾으려고 했는지 잊어버리고

이건 남겨놓은 몇 장이네

중얼거리다가 옥산이 했던 말을 떠올린다.

(지금은 다리가 아파서 못 가지만 해마다 떡을 싸서 엄마 산소엘 갔어. 한번은 내가 못 가게 됐다고 하니까 아는 사람이 데려다주더라. 아버지한테는 좀 작은 걸 가져가고 엄마한테는 큰 걸 가져갔지.)

옥산으로부터 많은 말을 들었지만 나는 더 큰 것이라는 말만 자꾸만 기억에 남고

마치 접을 수 있다는 듯이

짐작대로 되었더라면 접어서 선반에 올려놓고 어깨를 기대듯 평탄한 날들이 이어졌겠지만 모르는 사람들 사이에서는 무서운 일들이 일어나기도 해서

커다란 것을 뒤집어쓰고 눈을 감았다.

옛날이야기에 나오는 것처럼

새들과 짐승과 벌레들이 큰 것을 나눠 먹고 휙휙 해가 지나가고 바람 불어오고 눈 녹은 자리에서 푸릇푸릇 이파리 자라나는 어버이날에

더 배고픈 사람에게 더 큰 것을 주고 왔다는 이야기는 어버이날에 얽힌 이야기지만 옛날이야기는 아니다.

옥산과 상추

옥산이 집을 나갔다가 돌아왔던 그 한 달을 제외하면 나는 대학을 졸업하고 직장을 잡아 집을 떠나는 그날까지 옥산과 함께 살았다. 함께 살 때는 함께 살아가는 일에 어떤 의미를 부여할 필요가 없었다. 옥산이 집을 나갔다가 돌아왔을 때 그게 엄마라고 해도 누군가와 영원히 함께 살아가는 게 당연한 일이 아니라는 감각이 내게 생겼고, 그래서였을까. "너 그러다가 엄마 돌아가시고 나면 어떻게 하려고 그렇게 사냐?" 동생의 비난을 듣고 나서야 내가 엄마로부터 완전히 떨어져 나간 사람처럼 살고 있다는 자각을 했다. 그와 동시에 옥산이 나를 뒤에 남겨놓고 앞으로 걸어 나간 적 있었다는 사실을 내가 잊지 않았다는 것도 알았다.

딸이 화자로 등장해 이야기를 끌고 나가는 앤 카슨의 『유리 에세이』를 읽다가, "*부엌 식탁에 말없이 앉아*" "*어머니와 나는 가만히 상추를 우물 거리고 있다*"라는 문장에 밑줄을 긋는 순간 나는 앞으로 내가 무엇을 하게 될지 구체적으로 상상하기 시작했다. 그건 상추의 푸른 색감과 상추를 씹을 때 입안에 감도는 풋내 그리고 흙 맛 때문이었는지도 모른다. 어떤 장소에서도 발 딛고 일상을 살아가고 있다는 실감을 느끼지 못하며 부유하던 내게 엄마와 부엌 식탁에 앉아 '상추를 우물거리'는 감각이 앞으로 살아가야 할 일상에 실체를 부여한 셈인데, 그러면서 든 생각이 여성은 자신이 그동안 발 딛고 살아왔던 장소에서 떨어져 나와 다른 질서와 규범 속에서 살아왔고 그렇게 살아오고 있다는 걸 깨닫는 순간이 언제든 찾아온다는 거였다. 나는 여성들이 뭔가를 깨닫는 순간에 어떤 표정을 짓는지 설명하고 싶어질 때가 있는데 그건 순식간에 나타났다가 사라지기 때문에 아직까지 어떤 문장으로 붙잡아야 할지 감을 못 잡고 있다.

엄마는 어떻게 그동안 살던 장소를 떠나 생판 모르는 장소로 옮겨 가 살 생각을 했던 거야? 엄마의 부모는 왜 그런 결정을 내렸던 거야? 엄마와 새벽까지 술을 마시며 던진 질문을 맞닥뜨리고 엄마가 지었던 표정은 내가 그동안 수없이 지었던 표정과 다르지 않았다. 데버라 리비의 『핫 밀크』라는 소설에는 발을 잘라버리고 싶다고 말하는, 걷지 못하는, 아니 걷지 않으려는 엄마와 그 엄마의 병을 고치기 위해 스페인의 낡은 숙소에 머물고 있는 딸이 나온다. 딸 '소피아'는 엄마로부터 벗어나기 위해 엄마와 함께 한시적 삶을 살아가고, 엄마는 더 이상 부유하지 않기 위해 발을 잘라내고 싶어 한다. 엄마가 걷지 않으려 하면 할수록 그들이 정착할 거처는 요원해진다. 나는 이 소설을 읽으며 얼른 이 소설이 막바지에 이르러 나처럼 소피아가 나이를 먹기를 바랐다. 소피아가 젊은 시절을 충분히 보내고 기꺼운 마음으로 엄마의 거처를 찾아가는 장면을 미리 떠올렸다.

어릴 때는 좋아 보이는 게 있으면 "내가 커서 돈을 벌게 되면 엄마한테 사줄게요."라는 말을 곧잘 해서 쟤는 참 어리숙하다는 말을 듣기도 했는데, 그러니까 엄마한테 "엄마가 혼자 살기 힘들어지면 걱정하지 않아도 돼요. 내가 함께 살 생각이니까." 그런 내용의 편지를 쓰게 되면 또 어리숙하다는 말을 들을지도 모르니까 나는 편지를 쓸 생각은 못하고 문장의 힘을 빌려 내가 나한테 하는 말을 빌미 삼아 엄마한테 가닿으려 한다. 더 솔직하게는 엄마라는 존재의 힘을 빌려 나를 꽉 붙들어줄 장소에 가닿고 싶은 것인지도 모른다. 가닿는다는 말은 힘이 약하다. 문장은 늘 정확하기가 어렵다. 그렇더라도 문장을 적어나가는 행위를 통해 나는 내가 미처 생각하지 못했던 나를 발견하기도 했고 미래의 삶을 미리 살아낼 몸을 만들기도 했는데 그건 문장을 적는 일을 업으로 삼고 있는 내가 가장 정직하게 미래를 사는 방식이기도 하다. 옥산이 어버이날을 맞아 아버지보다 어머니의 묘에 좀 더 큰 떡을 골라서 가져가는 마음을 내가 다 이해하는 건 아니다. 아픈 몸으로 혼자 살아가고 있는 옥산에게 내가 가져가야 할 적당한 마음의 크기가 얼마만큼인지 알지 못한다. 종종 옥산과 함께 살 곳으로 어디가 적당할지 생각해볼 뿐. 옥산이 결혼 전까지 살았던 동네를 떠올리기도 하고 옥산과 내가 함께 살았던 동네를 떠올려도 보는데, 그곳은 이미 우리가 떠나온 장소에 불과하다는 사실을 확인한다. 우리가 아무리 되돌리고 싶은 장소라 해도 이미 사라지고 없는 곳이다. 나는 이 글을 쓰면서 가장 적당한 곳으로 엄마의 아파트를 떠올린다. 낡은 데다가 서향이라서 여름엔 덥고 겨울엔 추운 곳. 엄마가 한시적으로 살 곳이라고 다들 암묵적으로 동의했던 곳. 그곳에서 옥산과 상추를 우물거리는 장면을 미리 떠올려본다.

케이크 자르기

1판 1쇄 펴냄 2024년 5월 13일

지은이 권누리, 조해주, 김은지, 유계영, 정다연, 정재율,
　　　　안태운, 배수연, 김유림, 이은규, 임승유

펴낸곳 아침달
펴낸이 손문경
편집 서윤후, 정채영, 이기리
디자인 정유경, 한유미

출판등록 제2013-000289호
주소 04029 서울시 마포구 양화로7길 83, 5층
전화 02-3446-5238　　팩스 02-3446-5208
전자우편 achimdalbooks@gmail.com

ⓒ 권누리 외, 2024
ISBN 979-11-89467-99-9 00810

일러스트 사이(SAI)

축하하는 시인들

	권누리 · 12월 31일
생일 ·	조해주
	김은지 · 결혼기념일
스승의날 ·	유계영
	정다연 · 독립
졸업식 ·	정재율
	안태운 · 미래의 네 스물여섯 번째 생일
이별 ·	배수연
	김유림 · 새해 전날
그린데이 ·	이은규
	임승유 · 어버이날

시간에 각인된 이름들을 손끝으로 만져보는 일
시와 편지로 다가서는 기념일 앤솔러지

값 15,000원

ISBN 979-11-89467-99-9 00810